CUENTOS DISPARATADOS DE MONSTRUOS

Gabriela Keselman

Marcelo Elizalde

timun**mas**

*Para Anna Pagellá, quien me ha ayudado
a lidiar con algunos monstruos disparatados.*

Timun Mas es un sello de Editorial Planeta, S. A.

© Texto: Gabriela Keselman, 2005
© Ilustraciones: Marcelo Elizalde, 2005
© Editorial Planeta, S. A., 2005
Avda. Diagonal, 662-664 - 08034 Barcelona (España)

Primera edición: octubre de 2005
ISBN: 84-08-06055-4
Depósito legal: B.36.610-2005
Impreso en Industria Gráfica Domingo, S.A.

ÍNDICE

EL MONSTRUO ESTÁ HARTO

El monstruo Guille Gronch se despertó. Pero no se despertó como todas las noches. Sentía que algo monstruoso le rondaba la cabeza.

Al principio pensó que era su mosca *Mascota*. Dio manotazos para espantarla, pero ese molesto revoloteo lo perseguía sin cesar.

Entonces le gruñó:

—¡*Mascota*, vete a tu basura ahora mismo! ¡Todavía no es hora de salir a asustar!

Pero el zumbido continuó taladrándole los sesos. Dale que dale. Sin parar. Y eso que *Mascota* era muy obediente y ya se había ido.

El monstruo comprobó que su problema no era la mosca *Mascota*. Entonces pensó que estaba medio enfermo.

Decidió que un poco de aire le vendría bien para despejarse. Así que fue a abrir la ventana del patio. Pero la ventana ya estaba abierta. Es decir, estaba cerrada pero rota. Ya no le quedaba ni un pedacito de cristal.

Entonces se le ocurrió que si se salpicaba la cara con un poco de agua, se sentiría mejor. Fue hasta la cocina, pero el grifo hizo «gurruuuuuuung, gurruuuuuuung» y no soltó ni una gota. Quiso salir en dirección al salón, pero la puerta se atascó. De repente el suelo cedió bajo sus pies y Guille Gronch fue a parar al sótano.

Y ahí fue cuando de golpe se dio cuenta de lo que pasaba.

No era *Mascota* la que se le había enredado en la cabeza. Y él estaba más sano que un monstruo sano (salvo por el chichón que le acababa de salir).

Lo que tenía era una idea. Una idea que le rondaba, lo perseguía sin cesar, zumbaba y le taladraba los sesos.

Una idea enfadada.

Una idea monstruosa.

Porque Guille Gronch descubrió que estaba harto. Frito. Rebozado. Hasta las mismísimas narices (y tenía varias).

Así que empezó a refunfuñar:

—¡Este caserón está hecho pedazos! La escalera tiene un solo escalón. El polvo me llega a las rodillas. Y la humedad hace que me duelan los huesos (aunque no estoy muy seguro de que los monstruos tengan huesos).

Dicho esto, puso cara de ogro. Y para que un monstruo ponga cara de ogro, muy mal tienen que andar las cosas. Mal no. Fatal.

Se arrancó un puñado de pelos. Y también se arrancó un diente que ya se le estaba a punto de caer.

—Vivo en esta casa cochambrosa, asquerosa, tenebrosa, espantosa, peligrosa y... y... telarañosa. Es la misma casa de mi abuelo Gregorius Gronch y de mi bisabuelo Glodomiro Gronch y de todos mis monstruos antepasados No-sé-qué Gronch. ¿Y a quién le importa? ¡A nadie! ¡Hala, el monstruo que viva como pueda y luego que vaya y asuste! ¡Pues este monstruito que ven aquí ha dicho basta! —gritó frente a un espejo medio resquebrajado—. ¡B-A-S-T-A! ¿Queda claro?

Guille Gronch siguió quejándose y despotricando. Que si era un cero a la izquierda, que no era justo vivir así, que tal y que cual. El espejo le daba la razón todo el tiempo hasta que también se rompió.

Total que el monstruo se encerró en su cuarto y colgó un cartelito en la puerta.

Se sentó en una silla a la que le faltaba el asiento. Le sacó punta a un lápiz metiéndoselo en la oreja. Encontró un papel roñoso y lo alisó con cuidado. Y entonces escribió una carta a la Organización Mundial de Monstruos.

Como la lámpara no funcionaba, garabateó en la oscuridad. Claro, las frases se le mezclaron y la carta le salió una chapuza. Pero se encogió de hombros, la metió en un sobre y la envió.

Le escribo porque estoy a punto de un ataque de monstruo. En este lugar ya no se puede vivir. Quiero una casa chula de colores, divertida... A ser posible en el mismo barrio.

Firmado: Guille Gronch

Adiós.

Si no me da lo que pido, no asusto más a nadie

Ni un sustito pequeño ni nada.

Querido Director Máximo Terrórez:

Una semana más tarde recibió la respuesta.

Sólo que el director de la Organización Mundial de Monstruos también tenía todas las lámparas de su casa rotas. Así que las frases se mezclaron y la carta le salió bastante al revés. Además, el papel tenía una mancha verdosa en el margen.

Querido Guille:

Firmado: Máximo Terrórez, el Director.

Los monstruos somos unas auténticas bestias

Los monstruos no tenemos pataletas ni rabietas ni... ni... ni cuchufletas (aunque hacemos pedostretas). Y además, los monstruos no tenemos ideas ridículas (En verdad, no tenemos ninguna idea)

Adiós.

No podemos darte otra casa porque los monstruos viven en casas horribles desde hace chiquicientos años. Y ésta es nuestra última palabra.

No, no, no, nuestra última palabra es adiós.

Guille Gronch se puso furioso. Tomó un rallador oxidado. Luego ralló la carta que había recibido. La echó sobre los espaguetis de gusanos y se los comió, porque ningún disgusto, por más disgustado que fuese, podía quitarle el hambre.

Tal como había prometido, a la noche siguiente no asustó nada. No dijo ni «¡¡¡¡¡Grooooooooonch!!!!!».

Agarró a su mosca *Mascota*, se vistió de Monstruo Que No Asusta y se marchó canturreando a dar un paseo:

> *Chula, de colores, divertida...*
> *Será la casita de mi vida.*
> *(y si no, no asusto más,*
> *jamás, jamás, jamaaaaás)*

Las canciones no se le daban muy bien, así que repitió la misma canción tontorrona durante todo el día. En especial la parte que decía *«jamaaaaás»*.

Mientras tanto Máximo Terrórez, el director de la Organización Mundial de Monstruos, empezó a preocuparse. Luego a inquietarse. Y después a ponerse como loco. En el pueblo de Guille Gronch ya nadie se asustaba. Ni un temblorcito. Ni un rechinar de dientes. Ni un pelo de punta. Ni un «¡Ay, qué repelús!». Nada.

El monstruo director estaba desesperado. Así que buscó una vela. La encendió. Encontró un papel más o menos limpito. Y mirando bien lo que escribía, le mandó otra carta al monstruo rebelde.

Queridísimo Guille:

He pensado mucho (cosa que no hago habitualmente) y creo que tienes razón. Un monstruo tan monstruoso como tú no puede vivir en ese caserón en ruinas. Así que ya mismo me pongo a buscar una casa chula, de colores y divertida para que vivas más cómodo.

Eeemm… eemm… Es posible que tarde un pelín. Quizá unos meses, un año o cincuenta mil años en conseguirla. Pero te aseguro que cumpliré mi promesa (algún día).

Por favor, vete a asustar por ahí hoy mismo.

¡Ya mismo!

Firmado: Maxi

Guille Gronch leyó la carta. Le dieron ganas de vomitar. Así que vomitó.

Él era un monstruo de pocas palabras y las que tenía ya las había gastado. Por tanto, salió al jardín. Metió la cabeza en el barro maloliente. Luego puso cara de ogro. (Ya se sabe lo mal..., bueno, lo peor que está un monstruo cuando pone cara de ogro.) Acercó la cara a un papel y la apretó con fuerza hasta que quedó bien estampada.

Quedó muy satisfecho con el resultado. Entonces, la mandó volando de una patada hasta la oficina del director.

Máximo Terrórez la recibió en seguida, claro. Y se tuvo que tomar una infusión de ortigas. Luego reunió a todos los monstruos del mundo y les explicó cuál era la situación. Aquello era una emergencia. Como no había tiempo que perder, su discurso fue de una sola palabra:

—¡¡¡Socorro!!!

Pero todos los monstruos estaban ocupados. Además eran monstruos muy poco solidarios. Y no les daba la gana ir al pueblo de Guille Gronch a hacer su trabajo. Así que mandaron al director a churruscar cucarachas.

El mismísimo Máximo hizo entonces la maleta y partió hacia el pueblo de Guille Gronch. Si el cabezota ese no quería asustar, él mismo lo iba a hacer.

Al fin y al cabo ningún monstruo es imprescindible (salvo él mismo).

Mientras tanto, Guille decidió aprovechar sus Vacaciones para Siempre.

—Una merienda en el jardín, eso haré —dijo.

Pero la maleza crecía por todas partes y no se podía ni pasar. No tenía cortadora de césped, así que arrancó las hierbas a mordiscos.

¡Rass! ¡Chomp! ¡Rass! ¡Chomp!, hasta que quedó un prado bien hermoso. Preparó bocadillos con algunos restos podridos que encontró en la nevera. La mosca *Mascota* invitó a muchas amigas. Y lo pasaron bomba.

Horas más tarde, Guille seguía sin nada que hacer. Así que con una tabla arregló la silla de su escritorio. ¡Ahora tenía un asiento en lugar de un agujero!

Sin querer destapó el grifo (había un sapo dentro) y empezó a salir agua a chorros. Le pareció tan gracioso que destapó todos los grifos de la casa. En uno había un caracol con toda su familia, en otro una esponjita con detergente y en el de más allá, un gorro de cumpleaños.

Más tarde, se disfrazó de Señor Normal y fue a la ferretería. Compró cristales, clavos y diez martillos (compró tantos por si los rompía con sus torpes manazas). Y también se llevó unos botes de pintura.

Volvió a casa y siguió dale que te pego, pego que te dale. Pincel va, tornillo viene. Cola por acá, serrucho por allá.

—No es tan fenomenal como asustar, pero es entretenido —dijo el monstruo, y continuó su tarea.

Máximo Terrórez, por su parte, no tenía ningún éxito. Estaba desentrenado pues llevaba una eternidad siendo jefe. No asustaba ni por ésas.

Ni un temblorcito. Ni un rechinar de dientes. Ni un pelo de punta. Ni un «¡Ay, qué repelús!». Nada.

La gente pasaba a su lado y se partía de risa. Pensaban que era un payaso del circo. Los niños dormían como troncos. Y ni siquiera se abrazaban a sus ositos de peluche. Ni los pájaros del campo se espantaban al verlo hacer muecas.

Y encima una anciana muy cascarrabias le dio un paraguazo que lo dejó turulato.

El monstruo director estaba desolado. Se sentó en la plaza del pueblo, agachó sus dos cabezas y murmuró:

—Guille es el mejor. Nadie asusta como él. Es imprescindible aunque antes dijera que ningún monstruo es imprescindible (salvo yo mismo). Pues vaya...

Máximo Terrórez puso cara de corderito. Y para que un monstruo ponga cara de corderito, muy mal tienen que andar las cosas. Mal, no. Fatal, tampoco. Tenían que ser una verdadera pena.

Total, que no le quedó más remedio que ir a hablar con Guille Gronch.

Lo encontró en el jardín de su casa. Estaba arrodillado, plantando flores en un gran macetero.

—Guille, has ganado. Me doy por vencido —dijo Máximo con voz finita—. Te compraré una casa chula, de colores y divertida... PERO POR FAVOR, TE LO SUPLICO, ¡¡¡¡¡VUELVE A DAR SUSTOS MONSTRUOSOS!!!!!

Guille se levantó y le vació la regadera encima. Luego sonrió de una forma muy, pero muy, pero requetemuuuuy extraña y le dijo:

—Mira, Maxi, ya no necesito que TÚ me des una casa nueva. ¡Tengo una que he arreglado yo mismo, con mis propias garras! Y además me voy a toda prisa. Hace mucho que no asusto a nadie y lo echo de menos. ¡¡¡¡Groooonch!!!!

Máximo Terrórez no podía creerlo. Se pellizcó para ver si estaba soñando.

El monstruo rebelde había entrado en razón. Había vuelto a la normalidad. ¡Había vuelto!

Se puso a dar saltitos y a repetir:

—¡Va a volver a asustar! ¡Va a volver a asustaaar! ¡Va a volver a asustaaaaaar!

Y de tan contento como estaba, giró las dos cabezas. Entonces vio la nueva casa de Guille y...

—¡¡¡¡AAAAAAAAAAAAAYYYYYYYYYYYYYYYYYYYYYYYYY!!!! —chilló horrorizado.

Y del espanto, se desmayó.

Guille Gronch, sin duda, era el que daba los mejores sustos.

ALEX QUIERE UN MONSTRUO

Mi amiga Lara tiene un perro. Mi amigo Diego tiene un gato.
Y mis primos tienen un hámster. Mejor dicho, dos hámsters.
Uno para cada uno.

Un día se me metió en la cabeza que yo también quería tener algo.

Pero no quería ni un perro ni un gato. Y mucho menos un
hámster... O dos.

Lo que sí quería de verdad, pero de verdad, era tener un
monstruo.

Así que me acerqué a mi papá. Y me asomé por encima del
periódico que estaba leyendo.

—Quiero un monstruo —le pedí.

—¡Y yo una avioneta, Alex! —contestó él con una sonrisa.

Me revolvió el pelo y me mandó a jugar.

Fui a buscar a mi mamá. Estaba vistiéndose a toda prisa para ir a trabajar.

—Quiero un monstruo —le pedí.

—Tómalo de la nevera, Alex —respondió despistada.

Cuando se dio cuenta de lo que había dicho, se rió.

—¡¡¡¡¡Quiero un MONSTRUO!!!!! —grité.

—Alex, cariño, eso es imposible —dijeron los dos al mismo tiempo.

«Que sí, que es posible», insistía yo. «Que no, que es imposible», explicaban ellos...

Me ofrecieron un perro, un gato y un periquito. Luego me ofrecieron un conejo, un patito y una tortuga. Después unos peces, unas mariposas y unos sapos. Y al fin, desesperados, una vaca.

Yo me enfadé mucho. Me puse la chaqueta y esperé el autobús del colegio en la puerta. Además, me tapé las orejas con las manos para no escucharlos más.

Por la tarde, yo seguí de morros. Y ellos, cuchicheando. Me pareció oír algo de un camello o de un gorila. No estoy seguro. Al fin, se sentaron en el sillón, muy juntos, y me dijeron:

—Esto es lo que haremos. Buscaremos un monstruo, y si lo encontramos, te lo quedas.

Yo les di algo así como seis abrazos monstruosos.

—¡Sois geniales! —grité, y me fui a ver los dibujos animados.

Por la mañana mis padres escribieron un anuncio. Luego lo repartieron por todo el barrio. Lo pegaron en las farolas y en los buzones, en las papeleras y en el escaparate de la panadería.

No era un cartel con muchas palabras. Pero por lo menos estaba escrito en castellano y en monstrugués. Así lo podría entender cualquier monstruo, me dijo mi madre, que es profesora de Lengua y sabe un montón.

El sábado por la noche tocaron el timbre. Mi padre fue a abrir
pensando que era el vecino. Pero no era ningún vecino.

¡Era un monstruo! ¡Un auténtico monstruo!

—**Hola** —dijo.

Traía un pedazo de nuestro anuncio en una mano y una
almohada en la otra.

Mis padres se quedaron congelados. Yo, en cambio, di tantos
saltos que casi me mareé.

Después de un rato, mis padres se recuperaron de la impresión. Luego lo hicieron pasar y lo miraron de arriba abajo. Le ofrecieron una silla, ellos se sentaron enfrente y yo en el medio.

Mis padres le preguntaron qué clase de monstruo era, de dónde venía y qué sabía hacer.

Pero el monstruo dijo que él se presentaba como se presentan los monstruos.

Y así fue.

a la hora de dormir
no vais a tener que insistir.
Me voy volando a la cama.
Y no digo «hasta mañana».
                    (soy un bestia)

Me tapo bien con la manta,
pues la mínima luz me espanta.
Eso sí, cuando empiezo a soñar,
no puedo parar de...

—¡Estupendo! —interrumpió mi madre—. Un monstruo
dormilón. Justo lo que Alex necesita para acostarse temprano sin
rechistar.

—¡Te lo quedas! —dijo mi padre.

El monstruo me gustó. Tenía un mechón de pelo aplastado
y eso seguro que era de tanto dormir...

Buscar monstruo cansa mucho. Así que nos acostamos.
Yo le dejé la litera de abajo aunque es la mía. Y nos quedamos
fritos en seguida.

De pronto, me desperté muy asustado. Un ruido tremendo
resonaba muy cerca. Salí al pasillo y de un patinazo llegué
a la habitación de mis padres.

—¡En mi cuarto ha entrado una tormenta con truenos y todo!
—grité.

Ellos ya estaban sentados en la cama. También estaban asustados. Pensaban que la mezcladora de cemento de la obra de enfrente había subido al tejado. Aquel ruido terrible aumentaba por momentos. Paraba. Y volvía a sonar. Mi papá, que es muy valiente, se asomó a la ventana. La luna brillaba en el cielo. No era una tormenta. Y la mezcladora estaba aparcada en la acera.

Mi mamá, que no es tan valiente pero es muy lista, fue hasta mi cama. Y ahí pilló al monstruo, roncando ronquidos monstruosos. Parecía una tormenta con truenos, y todo metido en la mezcladora de cemento.

Yo le di almohadazos hasta que las plumas volaron por el aire.
Entonces el monstruo estornudó y se despertó.

—Roncas como un animal —le susurré al oído.

—Es que vosotros no me dejasteis terminar de presentarme. Estaba diciendo...

Eso sí, cuando empiezo a soñar,
no puedo parar de ... ¡roncar!

Se dio media vuelta y siguió roncando toda la noche. Con tanto
ruido, mis padres no durmieron nada. Y por la mañana estaban un
poco pálidos, bostezaban, tenían una sombra gris bajo los ojos y los
párpados se les caían.

Yo me dormí sobre el tazón del desayuno. Y mis padres
decidieron que aquél no era el monstruo adecuado. Así que le
pidieron que se marchase.

Al mediodía no llamaron al timbre sino que golpearon la puerta. Eran golpes increíbles. Parecían patadas. Pero qué va. Eran los cabezazos que pegaba un nuevo monstruo para que abriésemos. Cuando abrimos vimos que tenía el timbre en la mano.

—**Lo he arrancado sin querer** —se disculpó.

Pasó al salón igual que el primer monstruo. Se sentó frente a nosotros y se presentó a su manera.

Alex tendrá mucha suerte
pues soy un monstruo muy fuerte.
Su mochila cargaré y
de los peleones le defenderé.
                    (soy un bruto)

Seguro que os podría ayudar,
sería muy útil en este hogar.
Sólo que con el poder de mis brazos
Lo...

    —¡Maravilloso! —interrumpió mi
madre—. Es justo lo que necesitamos en esta casa.

    —¡Te lo quedas! —dijo mi padre.

    A mí me pareció fenomenal. ¡Un supermonstruo!

    Él entonces me siguió hasta mi cuarto. Y se ofreció a ordenar
mis juguetes. Pero de entrada, tomó mi robot y lo hizo papilla. Y lo
mismo pasó con mis coches, mis cromos y la pelota de fútbol. Fue
corriendo a la cocina. Levantó la fregona y perforó el techo. La bajó
y agujereó el suelo. Se le ocurrió hacer un batido de fresa con
helado. Lo metió todo en la lavadora y la sacudió hasta que la
máquina reventó.

    Y para terminar con el desastre, me quiso mandar a la escuela
de un coletazo.

—¡¡¡No!!! ¡¡¡Es sábado!!! —chillé agarrado a sus escamas.

Mis padres tenían los pelos de punta. Fruncieron las cejas y la boca también. Además, la cara se les arrugó en un segundo.

—¡Bastaaaaa! —gritaron—. Se suponía que ibas a ayudar, no a destrozarlo todo.

—**Es que vosotros no me dejasteis terminar mi presentación. Quise decir...**

**Pero con el poder de mis brazos
lo rompo todo en pedazos.**

Ahora el aspecto de mis padres había empeorado. Estaban un poco pálidos, bostezaban, tenían una sombra gris bajo los ojos, los párpados se les caían, tenían los pelos de punta, las cejas fruncidas, la boca también y la cara arrugada.

El monstruo salió disparado. Y como le pillaba de camino, derribó una lámpara. Por fin, atravesó la puerta... pero sin abrirla.

Esa misma tarde apareció el tercer monstruo. Entró por el agujero que había en la puerta. Y esta vez mis padres lo recibieron de pie y de malhumor. Ni «siéntate» ni nada.

El monstruo, igual que los anteriores, se presentó.

Soy un monstruo encantador,
bueno, amable y educado...
Necesito mucho amor
y estar muy acompañado.
                    (soy un tesoro)

Solito no puedo vivir.
Por eso quiero decir
que la familia es lo mío,
y voy siempre...

—¡Por fin! —interrumpió mi madre—. Un monstruo normal.

—¡Te lo quedas! —dijo mi padre.

Yo estaba feliz. Se habían terminado los líos y tenía mi monstruo.

Pero de pronto, por la puerta rota entró otro monstruo muy parecido a aquél. Y luego una monstrua. Y cinco más. Y muchos y muchas detrás.

Uno se metió en la bañera. Otro se plantó en el florero (cabeza abajo). Y el de más allá se escondió bajo la alfombra. Abrieron una cesta y sacaron tartas y galletas. Y también confeti. Pusieron una música monstruosa y bailaron sin parar. La casa estaba llena de migas, crema y papelitos redondos.

—¡¿Qué es esto?! —preguntaron mis padres desesperados.

—Es que vosotros no me dejasteis terminar de hablar. Decía...

que la familia es lo mío,
y voy siempre con mis tíos.

Yo abrí la puerta. Mejor dicho, la no-puerta de la calle. Los tíos del monstruo y el monstruo salieron en fila y calladitos, sin que nadie los echase.

Mis padres, a estas alturas, estaban un poco pálidos, bostezaban, tenían una sombra gris bajo los ojos, los párpados se les caían, tenían los pelos de punta, las cejas fruncidas, la boca también y la cara arrugada. Además, caminaban encorvados hacia adelante, con los brazos colgando y arrastrando los pies. Y encima, gruñían palabras incomprensibles.

Me quedé mirándolos un rato. Luego tomé un rotulador rojo.
Y me fui a tachar todos los anuncios del barrio.

Yo tenía unos padres que me cuidaban y por eso me mandaban
a dormir (y a veces me dejaban quedarme levantado hasta tarde).
Me ayudaban a llevar la mochila cuando pesaba. Me defendían de
los peleones cuando yo no podía. Hacían unos batidos riquísimos
y eran unos manitas arreglando la casa. Además no me dejaban
solo y me querían más que a nada en el mundo.

Y lo mejor de todo: ¡A veces parecían unos verdaderos
monstruos!

EL TERROR
DE LA CHARCA

Charqui era un monstruo pequeño, bajito, diminuto. Era el monstruo más chiquitito de la Charca de los Monstruos. Pero Charqui tenía una cara de malo muy grande. Y unas enormes ganas de asustar.

Así que cada mañana agarraba sus juguetes y los ponía en fila. Luego decía con voz de malo:

El que tenéis hoy delante
es un monstruo repugnante.
Y aunque sea muy pequeño
es vuestro temido dueño.

Feo, pérfido y dentudo.
Sin corazón y peludo,
ahora os voy a ordenar
que os pongáis a temblar.

Los juguetes se quedaban quietos. Como todos los días.
Entonces Charqui los sacudía con fuerza hasta que los hacía
temblar. Y claro, alguno terminaba hecho pedazos.

Pero una mañana Charqui comenzó a aburrirse. Este juego ya no tenía gracia.

Sobre todo porque le iban quedando cada vez menos juguetes sanos.

Entonces esperó a su padre y le dijo:

—Quiero ir a asustar a los pescadores.

—Todavía eres muy pequeño —respondió su papá.

—Entonces, quiero ir a asustar a los bañistas —insistió Charqui.

—Para eso tienes que crecer mucho —contestó su papá.

—Entonces ¿a quién puedo asustar? —preguntó enfadado.

—A los que sean más pequeños que tú —dijo el monstruo.

Charqui pensó que eso no era plan. Él quería asustar a los grandes. Pero bueno, aquello era mejor que seguir asustando a juguetes que no se asustaban.

Entonces se plantó frente al espejo y ensayó muecas horrorosas. Por lo menos hizo cien.

—¡Estoy listo! —exclamó al fin y se despidió.

—Ten cuidado y vuelve para la hora de merendar —dijo su papá.

Charqui buceó, nadó y chapoteó. Luego fabricó un cartel que
ponía:

Lo clavó cerca de la orilla de la charca. Y se sentó a esperar.

De pronto, entre los juncos, apareció una familia de caracoles.
Se deslizaban despacio hacia el cartel. Charqui se frotó las aletas
de emoción.

¡Iba a dar su primer susto de verdad!

Pero resulta que los caracoles se movían mirando hacia abajo.
Y pasaron junto al cartel sin verlo.

El pequeño monstruo no se lo podía creer.

—¡Unos caracoles tristes que no levantan la vista! —protestó.

Arrancó el cartel y corrió hasta ponerlo otra vez en su camino. Pero esta vez lo tumbó en el suelo para que los caracoles pasaran por encima. Sólo que los caracoles eran tan pequeños que no vieron más que una letra cada uno. Los más viejos pasaron por encima de la «U» o de la «E». Los jóvenes, por la «O». Y los bebés sobre la «M».

Charqui se enfadó mucho. ¡Nadie le hacía eso al Monstruo de la Charca!

Levantó a los caracoles y los acercó a su cara.
Entonces les dijo con voz de muy malo:

El que tenéis hoy delante
es un monstruo repugnante.
Con mi maléfico empeño...
¡os voy a quitar el sueño!

Feo, pérfido y dentudo.
Sin corazón y peludo,
ahora vais a chillar
sin cesar y sin parar.

—¡Aaayyy! ¡Un
monstruo enorme!
—chillaron los
caracoles
aterrorizados.

Y todos se
escaparon como
pudieron.

Charqui estaba
muy contento.
Su primer susto
había costado mucho.
Pero al fin había triunfado.
Así que se dispuso
a probar su segundo susto.

Fabricó un cartel que ponía:

Sonrió satisfecho.

—¡Este cartel sí que da miedo!

En seguida aparecieron unas ranitas. Y detrás unos sapos.
Saltaban felices del agua al barro y del barro al agua. Hasta que
vieron el cartel. Como no sabían leer muy bien, entendieron lo que
pudieron:

—Dice que bañarse en la charca después de comer es malo —dijo una rana.

—No. Dice que si eres malo te sale un grano monstruoso —dijo un sapo.

Charqui no estaba para bobadas. Los cazó a todos por las patas y los acercó a su cara. Entonces les dijo con voz de muy, muy malo:

El que tenéis hoy delante
es un monstruo repugnante.
Del susto que os llevaréis
a leer aprenderéis.

Feo, pérfido y dentudo.
Sin corazón y peludo.
Renacuajos, sapos, ranas...
os vais a escapar con ganas.

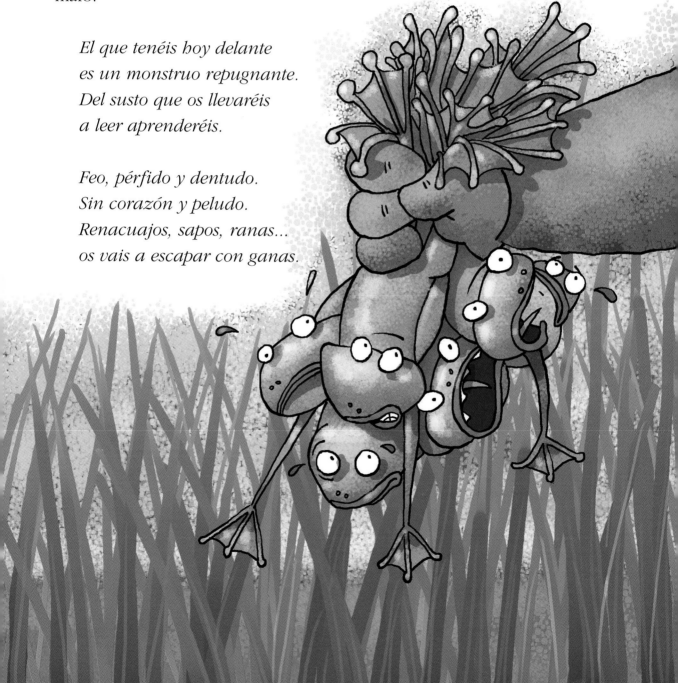

—¡Aaayyy! ¡ Un monstruo inmenso! —gritaron los sapos y las ranas.

Aprendieron a leer en un segundo y saltaron aterrorizados hasta llegar al otro lado del bosque.

Charqui se sentía feliz. Su segundo susto había sido más fácil. Ya tenía mucha práctica. Así que se dispuso a probar su tercer susto.

Fabricó un cartel que ponía:

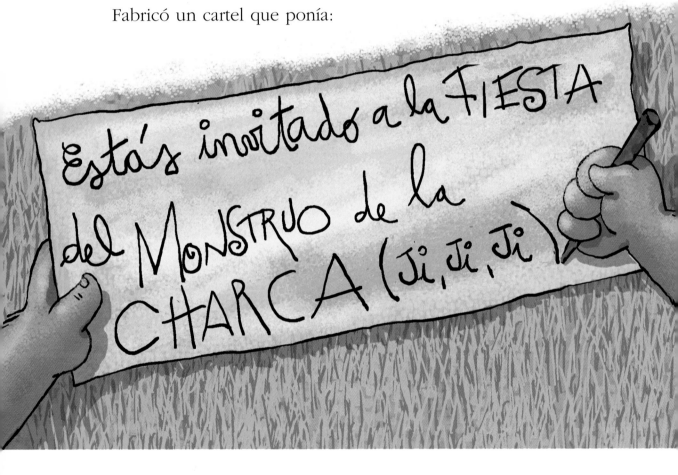

—La lagartija, la culebrita y hasta el castor van a caer en la trampa —se rió.

No esperó mucho. El castor, la culebrita y la lagartija aparecieron por el sendero. Venían cantando y bromeando.

—¿Qué podemos hacer hoy para divertirnos? —se preguntaron.

En eso, vieron la invitación a la fiesta del Monstruo de la Charca.
Murmuraron y discutieron. Al fin, resolvieron que no era buena
idea ir a fiestas de desconocidos. Así que pensaron en organizar
una merienda y jugar al balón.

—¡Qué merienda, ni balón, ni qué demonios! —gruñó Charqui.

Los atrapó a los tres y los acercó a su cara. Entonces les dijo con
voz de muy, muy, muy malo:

> *El que tenéis hoy delante*
> *es un monstruo repugnante.*
> *A mi fiesta os he invitado*
> *y no me dejaréis plantado.*
>
> *Feo, pérfido y dentudo.*
> *Sin corazón y peludo,*
> *yo os voy a merendar*
> *y nadie os va a salvar.*

—¡Aaayyy! ¡Un monstruo gigantesco! —gritaron la culebrita, el castor y la lagartija.

Se soltaron de Charqui y se fueron muertos de miedo.

Charqui se miró en la charca y se felicitó.

—¡Soy el mejor monstruo asustador de la charca!

Así que se dispuso a probar su cuarto susto.

Escribió una lista de seres pequeños ya asustados. Para no repetir. Y luego los fue tachando. Pensó en quién le faltaba. Y rápidamente apuntó:

PECES

Entonces fabricó un cartel que ponía:

Charca libre de
porquerías,
de cocodrilos,
de tiburones y...
de monstruos
(mejor nadar por aquí cerca)

Charqui se escondió bajo el agua, detrás del cartel.

Cuando los peces vieron el cartel hicieron «glub, glub». Eso quería decir que estaban de lo más tranquilos y sin nada que temer. Nadaron en círculos, hicieron carreras y jugaron al trampolín.

Charqui empezó a ponerse nervioso. Esperaba el momento de lanzarse sobre los peces. Pero los peces no se acercaban a su escondite.

Así que de repente se enfureció. Los pescó con su red y los acercó a su cara. Entonces les dijo con voz de muy, muy, muy, muy malo:

El que tenéis hoy delante
es un monstruo repugnante.
Si no dejáis de nadar
os voy a descuartizar.

Feo, pérfido y dentudo.
Sin corazón y peludo.
Sois una insignificante panda.
¡Yo soy aquí el que manda!

—¡¡¡Aaayyy!!! ¡Un monstruo descomunal! —chillaron los peces.
Guardaron las aletas, las colas y hasta perdieron las escamas.
Y desaparecieron.

Charqui se había inflado de orgullo. Pero ya era la hora de
volver a casa, así que chapoteó, nadó y buceó hasta llegar.

Al día siguiente, Charqui se levantó muy temprano. Tenía una
cara de malo muy grande. Y unas enormes ganas de asustar
nuevamente.

Buceó, nadó y chapoteó como el día anterior. Sólo que al llegar
a la orilla, se quedó sorprendido.

Allí ya había un gran cartel que ponía:

Y de pronto varias voces le dijeron:

Lo que tienes hoy delante
es un monstruo interesante.
Mezcla de pequeños seres
que te dirán lo que eres.

Malo, bobo y engreído.
Nosotros nos hemos unido.
Un buen susto te daremos
y nunca más te veremos.

Charqui se zambulló espantado.
Volvió a casa y le dijo a su papá:
—¿Sabes qué? No hay nadie pequeño a quien pueda asustar.
Mejor espero a ser mayor.

MIEDO SIN FINAL

El monstruo Mok retorció sus gafas. Y luego se las puso al revés. Ahora estaba listo para ir a la biblioteca, como todos los lunes. Lo cierto es que no veía ni torta con esas gafas. Así que fue dando tumbos por la calle hasta que llegó al viejo edificio. Entonces, le pidió al bibliotecario un libro de terror.

—Que me hiele la sangre —dijo Mok—. Y que no sea un libro muy difícil ni muy gordo, porque ya sabes que soy un poco bruto...

El bibliotecario desapareció y regresó con el libro en la mano.

—Es de miedo, es simple y sólo tiene dos páginas.

Mok aplaudió. Lo agarró y se sentó a su mesa preferida.

La cubierta del libro estaba gastada y polvorienta como a él le gustaba. Además tenía un color entre gris y amarillo. Y era delgadito. Perfecto. Lo abrió y una familia de polillas que vivía dentro del libro salió volando.

—Aguafiestas —protestaron las polillas.

Mok no hizo ni caso y se dispuso a leer. Se quitó las gafas para ver las letras y se relamió.

EL MISTERIO DEL MONSTRUO MEDIO ASESINADO A CODAZOS, RODILLAZOS Y TOBILLAZOS...

El título le dio escalofríos. Prometía ser un libro muy entretenido y de mucho miedo. Mojó un dedo en su boca babosa y volvió la hoja.

CAPÍTULO 1

Esto era el detective Calisto que era muy listo.

Por la mañana lo llamaron a gritos.

—¡Oye, que un monstruo ha sido medio asesinado!

—¿Cómo medio asesinado? —preguntó Calisto.

—Es que le asesinaron una mitad... Pero era la mitad que no le servía para nada.

—¿Y cómo lo medio asesinaron?

—A codazos, rodillazos y tobillazos.

—¿Y a talonazos?

—No.

—¿Y a dedogordazos?

—No.

—Ah —dijo Calisto.

Se olvidó de quitarse el pijama.

Y se fue.

Vio un autobús escolar aparcado junto a la acera. En un costado del autobús había un gran cartel que ponía:

Alrededor del autobús había un montón de niños.
Calisto, que era muy listo, preguntó:
—¿Quién es el medio asesino que medio mató al monstruo?

—El monstruo ése subió al autobús y quiso sentarse en los asientos de atrás —contestó uno con el dedo en la nariz.

—Esos asientos son nuestros... Para hacer más travesuras —dijo otro y se rió.

—Repito la pregunta. ¿Quién es el medio asesino que medio mató al monstruo? —dijo Calisto.

—¡A mí, plin! Descúbrelo tú —dijo una niña.

Calisto no entendía nada. Era el caso más difícil de su vida.

De repente, vio al medio monstruo. Estaba sentado engullendo su comida de la excursión.

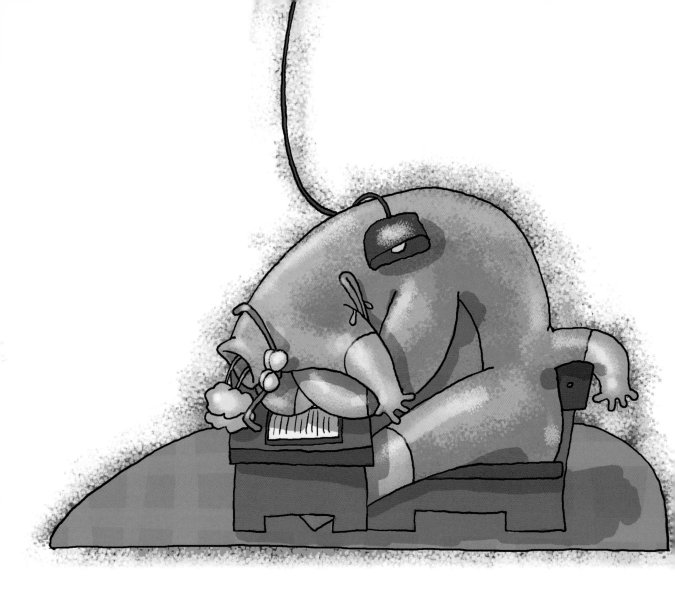

—A ver... Y a ti, ¿quién te medio mató?

—¿Quémmm ñam ñam quémmm?—dijo el monstruo con la boca llena.

Agarró un mondadientes y se lo tragó.

Fue entonces cuando Calisto, el listo, observó una mancha extraña y roja en la mitad asesinada del monstruo.

Mok dejó el libro sobre la mesa. Había leído todo esto de un tirón y sin respirar. Se echó un sueñecito de media hora y decidió seguir. Esa historia le gustaba, le hacía temblar y le producía mucha intriga.

Pero cuando giró la hoja, se quedó horrorizado. Allí no había más historia ni más página ni más libro. ¡Faltaba la página 2! ¡El capítulo final!

—¡¡¡No!!!—exclamó Mok enfadado—. ¡¡¡Han sido esas polillas...!!!

Las cazó al vuelo y las retuvo entre sus manos para que dijesen la verdad.

—Gggg... nosotrasgggggg.... nogggg... comemosggggg... gggg... ligggg... brosgggg... —se defendieron.

Mok, entonces, se calmó. Las soltó y les pidió perdón. Pensó que quizá la hoja se le había caído sin darse cuenta. Miró bajo su mesa. Y luego bajo la mesa de al lado. Y debajo de cada una de las mesas de la biblioteca. Recibió alguna patada y varios pisotones. Pero nada le importaba. Quería encontrar la página que faltaba. De pronto vio un papel en un rincón. De lejos era muy parecido a la primera hoja del libro. Se abalanzó sobre él y se lo llevó a toda prisa. Lo colocó dentro del libro y leyó con entusiasmo:

Una mancha extraña y roja
En mi corazón se ha clavado
Eres una verdadera bruja
Pues me has enamorado

Sin tu amor soy la mitad
Desde el día en que te vi
Te lo digo de verdad
Estoy medio muerto por ti

Mok se rascó el cerebro. Era un capítulo muy raro y él era un poco bruto. Lo cierto es que tenía que ver con el primero. Decía **mancha extraña y roja que se ha clavado en el corazón**. También mencionaba algo de la **mitad** y de un **medio muerto**.

Mientras pensaba, un joven se acercó. Le arrebató el papel y le dijo ruborizado:

—¿Qué haces con el poema que escribí para mi novia?

Se dio la vuelta y se marchó inmediatamente.

Mok se sintió muy mal porque había confundido su historia de miedo con un poema de amor. Pero en seguida se enfadó otra vez. ¡Quería el final de su cuento!

Quizá el viento se había llevado la hoja a la calle. Así que Mok salió de la biblioteca cargando su libro. Caminó unos metros mirando acá y allá. Pasó por un pequeño supermercado. Y ahí, justo, la vio en el escaparate. Una hoja casi igual a la de su libro. La arrancó ante la mirada sorprendida del vendedor. Corrió hasta el parque. Colocó la hoja dentro del libro y leyó con entusiasmo:

EL MONSTRUO LIMPIADOR

No te mates a lavar
Utiliza este jabón
La mitad te va a sobrar
Y adiós a cualquier manchón

¡Compra hoy y te llevas medio Monstruo Limpiador de regalo más una bonita cuerda para tender tu ropa!

Mok no se rascó el cerebro pues la otra vez no le resultó. Volvió a leer y no entendió este capítulo. Lo cierto es que hablaba de un monstruo. También decía mates y mitad. Ah, y además manchón, que es una mancha grande. Y encima, decía **medio monstruo** y cuerda **roja**...

Mientras pensaba, una señora se acercó, le arrebató el papel y gritó contenta:

—¡Me voy corriendo a comprar este jabón mágico!

Contó las monedas que tenía y desapareció.

Mok sacudió la cabeza, desilusionado. Se había equivocado otra vez. Había confundido un anuncio de jabón para la ropa con el capítulo de su libro...

Pero Mok recuperaba la rabia con facilidad. ¡Quería el final de su cuento!

De pronto se dio cuenta de que a la señora se le había caído algo del bolsillo. ¡Y parecía la hoja de su libro! La levantó del suelo. La puso dentro del libro y leyó con entusiasmo:

1. Cortar un tomate bien rojo por la mitad con un cuchillo afilado.
2. Después, sacarle el jugo, con cuidado de no manchar nada.
3. La mitad que no sirve se aparta.
4. Rellenar con ensaladilla.
5. Decorar con dos aceitunas negras como si fuesen unos ojos.
6. Además, colocar una tirita de pimiento como si fuese una boca.
7. Y ya está listo el "Monstruo Tomate".

Los tiquismiquis se morirán de risa y comerán sin rechistar.

Mok leyó esto cinco veces. Se puso bizco y hasta le entró hambre. Lo cierto es que hablaba de algo **rojo, cortado por la mitad con un cuchillo** (y aunque el libro no decía nada de cuchillos, cuchillo rima con tobillo).

Mencionaba **no manchar**, la **mitad** que no sirve, el **Monstruo Tomate** (habrán querido decir Te Mate). También decía algo de los tiquismiquis que **se morirán.**

Mientras pensaba, la señora regresó. Le arrebató el papel y exclamó agradecida:

—¡Menos mal que ha encontrado la receta que tenía para la cena de mi nieto!

Mok se puso a lloriquear. Había confundido una hoja del libro con una ridícula receta de cocina. No pudo ni secarse las lágrimas ni sonarse la nariz.

Ya no estaba furioso sino triste.

¡Quería el final de su cuento!

En ese momento una niña pasó corriendo. Y de la mochila se le escapó un papel. Mok no veía bien porque tenía los ojos húmedos. Pero le pareció que era idéntico a la página que faltaba en su libro. Lo levantó del suelo y se sentó detrás de un arbusto. Una vez allí, metió la hoja dentro del libro
y leyó con entusiasmo:

Nota para la mamá de Paloma

Querida Mariana:

La mancha roja en la camiseta de Paloma te resultará extraña y quizá te preocupe. Sólo es témpera que usamos para pintar. Aunque tu hija dice que es sangre, que se cayó en el recreo y que se golpeó la barbilla... Ya sabes que es una cuentista deliciosa. De mayor, seguro que va a escribir un libro de miedo.

Un abrazo,

Mónica

La profesora de Mates

Mok dudó antes de alegrarse. Aquel papel hablaba de la **mancha roja y extraña**, de **sangre** (que es algo que tiene que haber en un asesinato) y de una barbilla (que casualmente... rima con rodilla)... Y lo mejor es que nombra a una cuentista que va a escribir un libro de miedo. Para terminar, dice la palabra **Mates**. Pero no pudo seguir dudando porque la niña volvió, le arrebató el papel y explicó:

—Si no llevo esta nota a mi mamá, me puede pasar algo horrible.

—¿Tu madre es la asesina? —preguntó Mok mareado de alegría.

—Asesina, tu abuela —contestó Paloma, y salió disparada.

Mok se dio por vencido. Ya no quería enfadarse ni entristecerse ni buscar más.

Abrió el libro. Tomó un bolígrafo y anunció:

—¡Yo mismo terminaré el libro con mis propias garras!

Pensó un día. Pensó dos. Pensó tres. La tinta del bolígrafo estaba a punto de secarse.

¡Hasta que se le ocurrió una idea corta, pero perfecta! Y escribió...

Capítulo 2

Yo creo que el medio asesino es el que lo medio mató.

Fin

(Ah, si alguien encuentra la verdadera hoja del capítulo final,
que se la lleve al bibliotecario. Gracias. Mok.)

ENCICLOPEDIA MONSTRUOSA I
(Y UNA PRUEBA FINAL)

No todos los niños son iguales. Y mucho menos los monstruos. Hay monstruos que son temibles, espantosos y muy peligrosos. A éstos se los reconoce fácilmente y la única forma de relacionarse con ellos es salir corriendo. Por suerte, es muy poco probable que te los encuentres salvo que viajes hasta el fin de este mundo o hasta el principio de otro.

Sin embargo, hay otros monstruos que pululan muy cerca de ti...
En tu pueblo, en tu barrio, en tu casa o en tu mismo cuarto de
baño. Éstos son mucho más difíciles de reconocer y de tratar.

Pensando en ti y en tu tranquilidad hemos elaborado un
diccionario enciclopédico con dichas variedades de monstruos.
En este primer volumen no están todos los que existen, pero
sí algunos muy importantes.

Aquí podrás consultar y descubrir quién es quién en el
monstruoso mundo que te rodea. Además, sabrás cómo tratar
a cada monstruo cuando te los topes de narices.

ASQUETE

Características:

Desciende de los cerditos antiguos. Lo que más le gusta es ensuciar lo que estaba limpio. Y es el mejor haciendo esculturas con mondadientes usados (por él). Tira al suelo las cáscaras de pipas, las mondas de naranja y las migas de tostadas. Mancha de mantequilla el sofá y de mermelada el techo. Si quieres encontrarlo sigue las huellas de sus manos en la pared.

Cómo tratarlo:

Trátalo como te trata tu madre cuando lo pones todo perdido.

CHINCHETA

Características:

También conocido por Malhumores o Vayaplasta. Es tan molesto como sentarse sobre una chincheta. Este monstruo es un incordio de la mañana a la noche. Protesta por todo y se queja por naderías. Jamás devuelve la pelota si cae en su patio. Te tira arena a los ojos en el parque (y te tira del pelo si llevas coleta). Te quita el sitio que tú querías en el autobús, rompe tus juguetes, pincha los globos en tu cumple, te roba las fresas de la tarta y te saca de quicio. Ten cuidado... A veces muerde.

Cómo tratarlo:

Es intratable.

ESEOTRO

Características:

Es muy pequeño y se presenta en modelo rechoncho, rollizo o escuchimizado. Puede ser calvo o peludo según la especie. Huele a rayos varias veces al día. Llora de noche y eructa de día. Aunque a veces es al revés. Babea, vomita un poco de leche o puré y emite un sonido ridículo: «Da gu puejjj». La gente mayor se ríe y aplaude cada vez que hace una tontería como pedorretas, pucheritos o meterse el dedo gordo del pie en la boca.

Cómo tratarlo:

Haz un esfuerzo y trátalo con cariño, como si fuese tu hermanito.

LISTILLO

Características:

No es que se pase de listo. Su nombre se debe a que es exageradamente ordenado y tiene la manía de hacer listas de todo. Lista de los alimentos para monstruos que debe comprar, lista de monstruos amigos, lista de monstruos enemigos, lista de sentimientos monstruosos, lista de sustos dados y de sustos pendientes, lista de listas. Lo reconocerás fácilmente: tiene los ojos todos puestos en fila, las orejas bien colocadas una sobre la otra y las manos ordenadas de menor a mayor.

Cómo tratarlo:

Si quieres fastidiarle, desordénale las piezas del puzzle. También puedes mezclarle los calcetines de rayas con los de lunares. Si quieres ser su amigo, haz una lista con tus ideas antes de hablar y mira a ver si tú mismo estás en orden.

SACAMUELAS

Características:

Va disfrazado de verde o blanco, según el estilo del monstruo. Tiene muy buenas intenciones y es amigable. Sin embargo, es un ser muy temido que hace temblar a chicos y grandes. En su guarida posee un montón de ganchos, tenazas, pinzas y taladros que meten ruido... y miedo. Cuando te atrapa no puedes ni pedir auxilio pues él te mantiene con la boca abierta. Seguramente ya lo has conocido y no lo quieres ni ver.

Cómo tratarlo:

Lo mejor es aprender técnicas de defensa. Éstas son: cepillarse bien los dientes, no comer demasiados dulces ni chicles y no caerse de la bici o de los patines (y romperse los dientes). De esta forma, te toparás con él sólo una vez al año. El encuentro será breve. El monstruo te sonreirá contento y no te asustarás ni un poquito. Es más, quizá quieras volver.

TUTÍA

Características:

Tutía cae por casa justo cuando quieres ver los dibujos animados. Tiene bigote y pincha cuando te besa. Y además sufre de una manía espantosa: pellizca los mofletes de cualquiera más pequeño que ella. Luego le habla con voz de pito y le dice cosas un poco bobas. Además se echa un frasco de perfume por cada visita. ¡Y encima se llama Teodorina! Eso sí, hace unas tartas riquísimas, sabe muchos cuentos de miedo y, sobre todo, te adora.

Cómo tratarla:

Trátala bien (más te vale).

UYQUÉSUSTO

Características:

Este monstruo vive asustado por cualquier cosa. Si sopla una brisa cree que es un huracán. Si alguien lo saluda, piensa que le van a robar. Si se le desatan los cordones de las zapatillas está seguro de que se va a tropezar sin remedio. Por eso lleva diferentes clases de alarmas por todo el cuerpo. Las alarmas suenan cuando va a pasar algo malo. También cuando va a ocurrir algo bueno. Y finalmente, suenan por si acaso. En resumen, es un alarmista.

Cómo tratarlo:

Lo más probable es que se asuste sólo con que lo mires. Y mucho más si le sacas la lengua o le pisas el pie. Así que te aconsejamos alejarte si lo encuentras porque el ruido de las sirenas te dejará sordo. También existe la posibilidad de desconectar las alarmas mientras el monstruo duerme. Pero inténtalo sólo si eres un experto porque lleva una alarma por si alguien intenta desconectar la alarma mientras duerme.

YO-YO

Características:

Se mira en los espejos, en los escaparates y en la gelatina (aquí es donde más guapo se ve). Cree que es el más chulo, el más listo y hasta el más vanidoso. Es muy difícil reconocerlo. Se parece mucho a algunos seres humanos.

Cómo tratarlo:

Le da igual cómo lo trates porque sólo le importa cómo se trata a sí mismo. ¡Y se trata de miedo!

ZAMPABOLLOS

Características:

También conocido como Zampalotodo, es un glotón que traga lo que le pongan delante. Puede comer mil platos de espagueti, cien tortillas y hasta un trocito de pescado rebozado. Hace muy feliz a su madre pues jamás hay que insistirle para que coma.

Una vez ganó un concurso de monstruos. Le dieron una estatuilla de oro como premio... ¡y se la tragó!

Cómo tratarlo:

Te será muy útil cuando te sirvan garbanzos o espinacas. También cuando te regalen un gorro de colorines tejido a mano. Pero huye de él cuando te compren helados o patatas fritas. O, peor aún, cuando te regalen una videoconsola.

Y TÚ, ¿ERES UN MONSTRUO?

(SEGUNDA PARTE)

No puedes dormir. Te revuelves en la cama hasta quedar enrollado como un canelón. Sudas y sientes que la tripa te va a estallar. Lo que tienes es simplemente una duda horripilante. Te preguntas:

Y YO, ¿SOY UN MONSTRUO O NO?

Si eres valiente y quieres saber la respuesta, lee este cuestionario. Y contesta con sinceridad (nada de mentirijillas).

SECCIÓN SONIDOS

1. ¿Gruñes por la mañana cuando tienes que ir al colegio?
2. ¿Refunfuñas cuando te mandan a dormir y quieres ver la tele?
3. ¿Bufas cuando te mandan a hacer los deberes?
4. ¿Rezongas porque sí?

SECCIÓN ALIMENTACIÓN

1. ¿Te pones verde cuando te sirven puré de espinacas?
2. ¿Eres capaz de tragar tres hamburguesas seguidas y además un helado de chocolate con más chocolate por encima?
3. ¿Comes con la boca abierta enseñando la lengua y todo lo demás que llevas masticando un buen rato?
4. ¿Escupes cuando algo no te gusta?, ¿o lo escondes detrás de una planta?

SECCIÓN LIMPIEZA

1. ¿Llevas mocos pegados y la cara sucia de barro?
2. ¿Tienes un odio feroz al agua, al jabón, al champú, al peine y especialmente a la toalla en las orejas?
3. ¿Tus calcetines huelen a ogro encerrado?
4. ¿Los piojos son felices en tu pelo?

SECCIÓN ORDEN

1. ¿Tu cuarto parece la cueva de una bestia salvaje?
2. ¿En tu mochila se pueden encontrar chicles pegados, lagartijas desmayadas, arañas espachurradas y hasta bocadillos podridos?
3. ¿No sabes si te dejaste el cuaderno bajo la mesa, en la papelera o en el comedero de un rinoceronte?
4. ¿Lo mismo te pasa con la bufanda, los guantes y contigo mismo?

SECCIÓN ASPECTO FÍSICO

1. ¿Te faltan algunos dientes y te sobran centímetros en las uñas de los pies?
2. Cuando te levantas ¿tienes el pelo como un erizo después de haber pasado por la licuadora?
3. ¿Tienes las rodillas como si mil gatos te las hubiesen arañado?
4. ¿Gritas como si tuvieses dos gargantas y ningún oído?

SECCIÓN SENTIMIENTOS

1. ¿Te pones furioso cuando tu madre te riñe por portarte mal?
2. ¿Te emocionan las películas de terror y te aburren las de amor?
3. ¿Quieres tener poderes para hacer desaparecer a la *seño* cuando te pregunta algo que no sabes?
4. ¿Sientes el impulso bestial de sonarte la nariz con este test?

Si has respondido **SÍ** a la mayoría de las preguntas, lo sentimos mucho.

Debes aceptar la monstruosa verdad:

¡Eres un niño normal!